NOTRE HÉROS DE L'ENVIRONNEMENT

Coup de cœur environnement

La collection de Cosmo le dodo est un coup de cœur environnement, autant pour ses histoires reliées à l'environnement et à la biodiversité, que pour sa production respectant d'importants critères écologiques. Plusieurs organisations phares en matière d'environnement et de développement durable cautionnent cette collection. **D'ailleurs, le prix Phénix en environnement lui a été décerné.**

Cosmo est un dodo, un oiseau coureur aux ailes trop petites pour voler. Il fait partie d'une espèce mythique qui a réellement vécu sur la Terre. À une époque pas très lointaine, lui et ses semblables régnaient sur une île paisible, isolée du monde connu par l'homme : l'île Maurice. D'une taille imposant le respect, les dodos vivaient uniquement dans ce paradis terrestre, à l'abri de tous les autres prédateurs.

Il y a environ 300 ans, seulement quelques années après l'arrivée des premiers marins sur l'île, les dodos ont quasi tous disparu...

Mais il reste encore Cosmo, le dernier des dodos sur la Terre.

3RV

Venu du futur, 3R-V est un vaisseau-robot conçu pour
sauver des espèces disparues. Lors de sa toute première
mission, les événements ne se sont pas déroulés comme
prévu : il s'est perdu à jamais dans le passé! Atterri par
accident sur l'île Maurice, 3R-V a fait la rencontre de
Cosmo, qui est devenu son meilleur ami. Sa nouvelle
mission : aider Cosmo à trouver d'autres dodos en
voyageant de planète en planète dans l'Univers. Optimiste
et dédié à la cause de son compagnon, 3R-V donne
véritablement des ailes aux aventures de Cosmo.

La planète filante

Avec son nouvel ami 3R-V, Cosmo a espoir de rencontrer d'autres dodos ailleurs dans l'Univers. Les explorations de ces héros les ont menés à vivre plusieurs aventures sur de nombreuses planètes...

Pour accélérer leurs recherches, Cosmo et 3R-V ont maintenant établi leur camp sur une planète filante libre d'orbite. De cette planète toujours en mouvement dans l'espace, nos héros continuent leurs recherches de dodos d'une galaxie à l'autre. Mais cette fois, Cosmo et 3R-V ne sont plus seuls dans cette aventure : ils font équipe avec de nouveaux compagnons sur la planète filante. Ensemble, ils forment désormais une communauté d'explorateurs dont les destins se sont liés afin de vivre de grandes aventures.

Les deux têtes (Droite et Gauche)

Les deux têtes forment une créature spéciale très originale. Elle a un seul corps, mais deux têtes séparées qui pensent chacune de leur côté. Nommée Droite, la tête droite est plus artistique, plus imaginative et plus émotive. Portant le nom de Gauche, la tête gauche, elle, est plus logique et plus scientifique. Lorsqu'elles ne sont pas occupées à réaliser leurs activités chacune de leur côté, les deux têtes passent leur temps à s'obstiner. Lorsqu'elles finissent par s'entendre, elles peuvent réaliser de grandes choses ensemble.

Fabri

Fabri est un grand naïf un peu inconscient. Maladroit de nature, il se met toujours les pieds dans les plats. Fabri est toutefois empli d'une bonne volonté, même si ses plans échouent la plupart du temps. Véritable boute-en-train du groupe, Fabri est une source d'énergie, d'humour et de gags.

Tornu

Tornu est en perpétuelle quête de pouvoir et de richesse. Il participe à l'aventure pour devenir riche, le plus riche de l'Univers. Ses tendances égocentriques le poussent à être plus solitaire et grognon. Ambitieux et débrouillard, Tornu possède un casque multifonctionnel qui se transforme selon ses besoins pour mettre en œuvre ses plans.

**Données de catalogage
avant publication (Canada)**

Les Éditions Origo
Les aventures de Cosmo
Concept original de Pat Rac

La route du hasard – Cosmo le dodo
D'après une idée originale de Pat Rac
Illustrations : Pat Rac
Collaboration visuelle : Jean-François Hains
Responsable de la rédaction : Joannie Beaudet
Collaboration éditoriale : Neijib Bentaieb
Vérification des textes : Audrée Favreau-Pinet et Jessica Hébert-Mathieu

ISBN 13 : 978-2-923499-25-3

Directeur littéraire : François Perras
Direction artistique : Racine & Associés
Infographie : Racine & Associés
Capital de risque : Technologies HumanID

Dépôt légal :
Bibliothèque nationale du Québec, 2011
Bibliothèque nationale du Canada, 2011

Les Éditions Origo
Boîte postale 4
Chambly (Québec) J3L 4B1
Canada
Téléphone : 450 658-2732
Courriel : info@editionsorigo.com

Imprimé au Canada

Gouvernement du Québec – Programme de crédit d'impôt
pour l'édition de livres – Gestion SODEC

Cosmo le dodo est une marque de commerce de Racine & Associés inc.

À tous les enfants de la Terre!

NOTRE HÉROS DE L'ENVIRONNEMENT

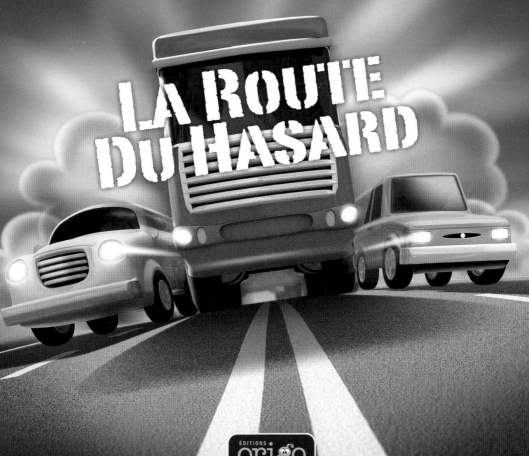

LA ROUTE DU HASARD

ÉDITIONS
origo

CHAPITRE 1

Les lièvres et la tortue

Les étoiles défilent à toute vitesse autour de nous. Je m'agrippe fermement à mon siège tout en criant à mon fidèle ami :

— *Plus vite, 3R-V! Tornu a pris de l'avance sur nous.*

Tornu file à vive allure vers une planète inconnue, complètement verte. Il mène la course, alors que 3R-V et moi le talonnons. Loin derrière, Fabri n'est pas une menace.

— *À ce rythme-là, Tornu arrivera avant nous.*

— **Oh! non!** promet 3R-V. Accroche-toi, Cosmo!

Le vaisseau-robot augmente sa vitesse. Nous traversons rapidement l'atmosphère de la planète. Nous survolons la forêt à la recherche d'un arbre coloré que les deux têtes ont repéré avec le télescope.

Les deux têtes nous ont lancé un défi : le premier qui trouve l'arbre à cœurs et cueille un fruit gagne la course.

J'aperçois le fameux arbre au milieu d'une colline. Il est si particulier qu'il se démarque des autres. Tornu l'a également repéré. Tous les trois, nous plongeons dans la forêt et évitons habilement les arbres. Qui atteindra l'arbre à cœurs en premier? Tornu est toujours devant 3R-V et moi. Nous approchons. La course est très serrée; nous voilà côte à côte avec lui!

— ***Pousse à fond tes moteurs, 3R-V!***

Le vaisseau-robot augmente sa vitesse d'un cran, si bien que je m'enfonce dans le siège. ***Ouah!***

— **Qu'est-ce que... Ggrr!**

Mauvais joueur, Tornu nous bouscule. Cette manœuvre déséquilibre nos deux vaisseaux. Tornu perd le contrôle de son casque et tournoie dans les airs. 3R-V freine afin de l'éviter. Tornu s'écrase sur le sol, puis roule jusqu'en bas de la colline.

Un mouvement dans la forêt attire mon regard : c'est Fabri. Je l'avais complètement oublié. Le bonhomme mauve fonce paisiblement à travers les arbres. Il atteint l'arbre géant avec facilité.

— *J'ai gagné!* crie Fabri, victorieux.

Pendant ce temps, sur la planète filante.

— Qui est le vainqueur? demande Droite.
L'œil dans le télescope, Gauche s'écrie :
— **C'est Fabri!**
— Telle la tortue, Fabri a vaincu les lièvres!
— **Oh! ho!** s'écrie Gauche. **Nos amis ne sont pas seuls dans cette forêt.**

CHAPITRE 2

L'amour, toujours l'amour!

3R-V se pose près de Fabri.

— ***Bravo, mon ami!*** dis-je. *Cueillons le fruit et apportons-le aux deux têtes. Elles voudront sûrement étudier ce spécimen.*

Tornu replace son casque sur sa tête.

— **N'importe quoi, cette course!** ronchonne-t-il, mauvais perdant.

— *J'ai gagné! J'ai gagné!* crie Fabri en s'approchant du fruit de la victoire.

— *Ne touche pas à une feuille de cet arbre!* hurle une voix.

Accroché à une branche, un petit animal bombe le torse. Fabri lâche aussitôt le fruit. Je lève les yeux vers l'animal; il n'est pas seul. Comment puis-je calmer sa colère?

19

— *Bonjour, je suis Cosmo. Qui êtes-vous?*

— *Appelez-moi Roméro! Voici ma douce et belle Joulia, l'amour de ma vie,* ajoute-t-il affectueusement en pointant sa compagne.

— *Roméro et moi sommes des* **raton-cureuils à longue queue** *et nous habitons cette forêt. Ceci est NOTRE arbre!* s'exclame passionnément Joulia.

Intéressé, Tornu avance d'un pas.

— **Cet arbre a-t-il une quelconque valeur?** questionne-t-il.

Roméro saute de l'arbre accompagné de sa Joulia.

— *Cet arbre est très important pour nous. Il symbolise la beauté, la solidité et l'épanouissement de notre amour.*

— *Amour avec un grand A!* précise Joulia.

— **Amour?** répète Tornu. **Beurk! C'est trop pour moi.**

Tornu disparaît dans la forêt, pressé de retourner sur la planète filante. Il déteste tout ce qui touche les sentiments. Je me tourne à nouveau vers le couple.

20

Roméro est toujours sur la défensive.

— *Excusez-nous de vous avoir dérangés!* dis-je. *Nous ignorions la valeur de cet arbre.*

— Le soleil se couche bientôt. Nous quitterons votre planète avant la tombée de la nuit, promet 3R-V.

À ces mots, Roméro réagit.

— ***Nous déranger?!*** s'étonne le petit animal. *Au contraire, vous arrivez juste à temps pour le grand jour, n'est-ce pas mon amour?*

Sa jeune compagne rougit.

— **Le grand jour?** questionne Fabri. *Comment un jour peut-il être plus grand que l'autre? Il y a des grandeurs de jours?*

— L'expression grand jour signifie que Roméro et Joulia vont se marier, explique 3R-V.

— *Demain,* **préparez-vous à festoyer!** *Au lever du jour, sous cet arbre-témoin-de-notre-amour, nous nous unirons pour toujours!* lance Roméro avec poésie.

L'amoureux fixe sa dulcinée dans les yeux, puis se tourne vers nous.

— *Nous ferez-vous l'honneur de votre présence?* demande Roméro. *Notre amour doit être connu de tous!*

Fabri saute de joie, il n'a jamais assisté à un mariage. 3R-V et moi acceptons également l'invitation. Nous avons le temps, puisque la planète filante quittera l'orbite de cette nouvelle planète demain, en fin de journée.

— *Suivez-moi jusqu'à notre clairière,* propose Roméro. *Pour dormir à la belle étoile, c'est le lieu parfait. Si romantique!*

Le soleil disparaît à l'horizon. Dans le noir,
Tornu écarte à l'aveuglette les branches devant lui.
Il s'arrête et entre le code suivant :

Tornu transforme son casque en fusée. Dans la dense
forêt, il cherche un endroit dégagé pour décoller vers la
planète filante. C'est alors qu'il trébuche
sur un obstacle.

— Aïe! Mes orteils!

Tornu se relève d'un bond, très en colère. Il entre
un nouveau code et transforme son casque en lampe
de poche, puis éclaire le sol autour de lui. Un objet brille
sous le faisceau de sa lampe. Tornu est ébloui.

— Qu'est-ce qui scintille comme ça? se demande-t-il.

Tornu s'approche du scintillement, son visage s'illumine.

— C'est une pépite d'or!

Elle est enfoncée dans le sol. Sans perdre une seconde, Tornu creuse avec ses mains autour de la pépite. Au milieu de la nuit, il n'a déterré que la moitié de son précieux trésor.

— Elle est gigantesque, cette pépite! Je suis riche, riche, RICHE!

Tornu se tait brusquement. Il regarde autour de lui, inquiet. Quelqu'un a-t-il entendu son cri? C'est SON trésor! Personne ne doit connaître l'existence de ce caillou. En silence, Tornu continue à creuser.

CHAPITRE 3

Un matin riche
en émotion

Un coup de vent me réveille, comme si quelqu'un venait tout juste de s'écrouler à côté de moi. J'ouvre les yeux, toujours un peu endormi. C'est le matin sur cette magnifique planète. Tout près de moi, 3R-V est en mode repos. Fabri, couché à mes côtés, ronfle très fort.

— *J'ai dormi profondément cette nuit! Je ne l'ai même pas entendu.*

— *Quoi?* me répond une voix.

C'est le petit animal de la forêt, Roméro. Debout près d'un arbre, il se bat avec son nœud papillon.

— *Je me parlais à voix haute.*

— *Hum!* dit Roméro sans écouter ma réponse.

J'entends les pas de 3R-V derrière moi. Le vaisseau-robot est réveillé. Nous regardons les tentatives désespérées de Roméro pour attacher son nœud papillon. L'amoureux se tourne vers l'horizon. Il aperçoit sa promise au sommet d'une colline. Derrière elle, le soleil fait son apparition.

— *Joulia est plus belle que la rosée illuminée par les rayons du soleil levant.*

Roméro termine à la hâte son nœud papillon. Il court vers sa dulcinée, puis la fait tournoyer.

— *Aujourd'hui, plus rien ne nous séparera, mon amour!*

Le couple nous envoie la main, puis entame la procession jusqu'à l'arbre-témoin-de-leur-amour. Avant de les suivre, je secoue Fabri. Le bonhomme mauve grogne, puis se tourne sur le côté. Incapables de le réveiller, 3R-V et moi suivons les futurs mariés.

***

Après un effort surhumain, Tornu réussit à sortir sa découverte du trou. Il recule de quelques pas. Émerveillé, il contemple sa gigantesque pépite d'or en forme de cœur. Très enthousiaste, il enlace la pépite et l'embrasse.

— **Ça, c'est un bel amour!** soupire-t-il tout en versant une larme.

— **Laisse-moi te porter jusqu'à notre petit nid d'amour,** roucoule Tornu.

Tornu s'empresse d'attacher une corde autour de son trésor. Il modifie son casque en fusée et empoigne fermement la corde. Tornu est prêt à transporter sa découverte sur la planète filante.

Il s'élance vers le ciel. Tornu utilise toute la puissance de son casque. La corde se déroule au complet. **BONG!** Tornu est brusquement ramené vers le sol. Il s'écrase au pied de sa pépite géante qui n'a pas bougé d'un centimètre.

Comment Tornu transportera-t-il cette pépite d'or jusqu'à sa maison sur la planète filante? Son casque n'est pas assez puissant pour soulever son trésor. Il réfléchit à une solution.

3R-V est assez fort, mais Tornu tient à garder secrète sa découverte. **Le scooter de Fabri?** Non, le bolide est moins puissant que son casque.

Tornu écarquille les yeux lorsqu'une idée lui traverse l'esprit. Il dissimule son trésor sous des branches, puis décolle vers la planète filante.

— **Attends-moi, mon cœur! Je reviendrai bientôt te chercher,** dit Tornu.

CHAPITRE 4

Retard

3R-V et moi courons à toute vitesse afin de rattraper les amoureux. Bientôt, Roméro et Joulia s'uniront sous leur arbre géant. Soudain, un cri retentit au loin :

— *Noooon!*

— **C'est Joulia! Dépêchons-nous!** lance 3R-V.

J'aperçois le couple. Je me précipite vers lui. Joulia est inconsciente dans les bras de Roméro.

— *Réveille-toi, mon amour! Nous le retrouverons,*
je te le promets.

— *Quel est le problème?* demandé-je.

— **L'arbre-témoin-de-notre-amour**
a disparu! s'écrie Roméro.

Je regarde en haut de la colline. Le grand arbre n'est plus là. À la place, il y a une large bande grise arborant des lignes blanches. Je regarde d'un côté, puis de l'autre; la bande grise s'étend à perte de vue. Autour, les arbres et les plantes ont tous été arrachés.

— Ça me dit quelque chose, cette bande grise, lance 3R-V, songeur.

Dans les bras de Roméro, Joulia reprend peu à peu conscience.

— *Qu'adviendra-t-il de notre mariage sans notre arbre?* dit-elle.

Joulia éclate en sanglots dans les bras de Roméro.

— *Ta tristesse me déchire le cœur! Trouvons vite notre arbre!* s'exclame Roméro.

L'amoureux se rend au sommet de la colline, sur la bande grise. Joulia, 3R-V et moi le rejoignons.

— *L'arbre-témoin-de-notre-amour était planté exactement là,* constate-t-il.

À bout de souffle, Fabri arrive près de nous.

— **Ai-je manqué quelque chose?** panique le bonhomme mauve, les yeux cernés.

— *L'arbre-témoin-de-notre-amour a disparu sous cette bande grise!* sanglote Joulia.

— **Ça, je le sais déjà!** dit Fabri. **Ai-je manqué le mariage?**

— Comment ça, tu le sais déjà? s'interroge 3R-V.

— *C'est moi qui ai aidé le rouleur de route*
à étendre cette autoprout.

— Tu veux dire autoroute, corrige 3R-V. Autoroute, c'est
le terme que je cherchais pour décrire cette bande grise.

Tout à coup, les mots de Fabri nous frappent.
Roméro, Joulia, 3R-V et moi l'entourons.

— *Qui est le rouleur de route?*

— *Un géant de Fer,* me répond Fabri.

— *Qu'est-ce qu'une autoroute?* interroge Roméro.

— C'est une voie où se déplacent des véhicules d'un
lieu à un autre, explique 3R-V.

— ***Des véhicules!?*** répètent les amoureux
sans comprendre.

3R-V pointe l'autoroute, mais aucun véhicule n'y
circule. Intrigué, je fais quelques pas sur la surface
asphaltée. Fabri bâille à côté de moi.

— *Pourquoi dérouler une autoroute au milieu*
de la forêt? dis-je.

— **Aucune idée,** répond Fabri au milieu de son bâillement.

Je lance un regard désespéré à Fabri.

— *Combien de fois t'ai-je dit de poser des questions avant d'agir!*

— *Oups!* murmure le bonhomme mauve. *Je voulais tout simplement être gentil. Le géant de Fer est arrivé au milieu de la nuit avec un GROS rouleau à dérouler.*

Main dans la main, Roméro et Joulia explorent à leur tour l'autoroute asphaltée. Ils fondent en larmes.

— *Où est notre arbre?* déplorent les amoureux.

Je sens de légères vibrations sous mes pattes. Aussitôt, je me colle l'oreille sur l'autoroute,

— *Qu'est-ce que tu fais, Cosmo?* me demande Fabri.

— *J'écoute les échos sur le sol.*

J'entends un grondement. Un grondement de plus en plus fort. J'interroge 3R-V du regard.

— **Écartez-vous de la route! Tout de suite!** s'écrie le vaisseau-robot.

CHAPITRE 5

De mal en pis

Un premier véhicule apparaît, suivi de plusieurs. Sans perdre une seconde, je me jette sur le côté de l'autoroute. 3R-V s'envole dans le ciel. Fabri évite les véhicules comme s'il exécutait des mouvements de danse. Le bonhomme mauve atteint l'autre côté de l'autoroute, sain et sauf. Quant à Roméro et Joulia, ils sont pris au milieu de la circulation. L'amoureux soulève Joulia dans ses bras.

— *Fabri, tiens-toi prêt!* ordonne Roméro.

— *Quoi?*

Roméro propulse sa belle Joulia jusque dans les bras de Fabri. Sur le coup, le bonhomme mauve tombe sur le dos. Joulia se relève et regarde vers l'autoroute.

— *Roméro, attention!* crie-t-elle.

Un camion fonce droit sur lui. Sans se poser de question, 3R-V plonge vers Roméro et se place devant lui, tel un bouclier. L'énorme véhicule percute violemment le vaisseau-robot.

Roméro est sain et sauf. Je me précipite vers 3R-V. Le vaisseau-robot est mal en point. Son aile gauche est totalement pliée.

— *Es-tu capable de voler, 3R-V?*

Le vaisseau-robot regarde l'état de son aile. Incertain, il s'envole lentement. 3R-V virevolte aléatoirement dans le ciel. Il ne contrôle pas sa direction. Il frôle la tête de Roméro, puis s'écrase à côté de moi.

— Non, Cosmo! soupire-t-il. Je n'arrive pas à contrôler mon vol. Il faut redresser mon aile.

44

Je lève la tête vers l'autoroute où circulent
continuellement des véhicules à toute vitesse.
Les événements ont séparé notre groupe en deux :
de ce côté de l'autoroute, il y a Roméro, 3R-V et moi.
De l'autre côté se trouvent Joulia et Fabri.

Je vois alors Roméro, un morceau d'écorce sur
la tête en guise de casque. L'amoureux se donne un élan,
puis se rue dans la circulation. À la dernière seconde,
je me place entre lui et l'autoroute.

— ***Que fais-tu, Roméro?***

— *Je cours vers l'élue de mon cœur,* soupire-t-il.

— *C'est trop dangereux, mon ami.*

— *Mon amour perdu me fait plus de mal que cette autoroute infernale ne peut m'en faire!* proclame Roméro.

— ***Mais il faut vivre pour aimer, Roméro!***

Résigné, Roméro regarde de l'autre côté de l'autoroute. Il entrevoit à peine sa dulcinée avec toute cette circulation de véhicules.

— *Ne t'inquiète pas, mon amour, je te retrouverai,* lance-t-il, déterminé. ***Je te le jure sur les racines de l'arbre-témoin-de-notre-amour!***

Gauche tient fermement le télescope alors que Droite tente par tous les moyens de le lui prendre.

— **Arrête, Droite!** s'énerve la tête gauche. **Attends ton tour pour le télescope!**

La tête droite délaisse le télescope avec beaucoup de regret.

— *Résume-moi encore ce que tu as vu!* demande-t-elle.

— **C'est 3R-V!** commence Gauche. Un gigantesque camion a foncé sur lui alors qu'il sauvait un petit animal pris au milieu de l'autoroute!

— *Est-il indemne?* s'inquiète Droite.

— Il a une aile recourbée. Il ne peut plus voler.

— *As-tu la même idée que moi?* lance Droite.

— Si tu parles d'aller au secours de nos amis, **oui!**

Les deux têtes foncent vers leur vaisseau.

— **Où l'as-tu rangé, Droite?**
— *À la même place que toi, Gauche!*
— **Pourquoi n'est-il pas là, alors?**

Le vaisseau des deux têtes a disparu.

CHAPITRE 6

Chercher ses mots

Roméro et moi utilisons toutes nos forces pour essayer de redresser l'aile de mon ami. Malgré tout, l'aile de 3R-V reste tordue.

Sur la route, la circulation semble sans fin. Une aile sous mon menton, je réfléchis à des moyens de traverser de l'autre côté sans danger. J'interroge Roméro sur sa planète :

— *D'autres espèces pourrait sûrement nous aider. Y a-t-il des oiseaux par ici?* **Peut-être même des dodos!**

— *Non,* répond Roméro. *Nous sommes tous petits et sans ailes. Et la plus belle d'entre toutes est ma douce Joulia.*

Un peu déçu, je poursuis ma réflexion. Qu'est-ce qui pourrait nous faire traverser de l'autre côté? L'image du scooter de Fabri apparaît dans ma tête.

— *Pourquoi n'y ai-je pas pensé avant?!*

J'avance vers l'autoroute et lance à Fabri :

— *Où est ton scooter?*

Le bonhomme mauve fronce les sourcils.

Il n'a pas compris à cause du bruit de la circulation.

Je crie un peu plus fort :

— *Où est ton scooter?*

— *Mon seau de terre?* comprend Fabri.

— *Ton scooter, Fabri!*

— *Non, je n'ai pas peur,* s'offusque-t-il.

Exaspéré, le vaisseau-robot utilise sa voix la plus forte.

— OÙ EST TON SCOOTER, FABRI?

— *Ah! mon scooter!*

Fabri regarde autour de lui et se gratte la tête.

— *Il était près de l'arbre, sur la colline!* pointe Fabri.

Nous regardons près de l'emplacement où se trouvait l'arbre géant avant sa disparition. Je remarque une bosse qui déforme l'autoroute à cet endroit.

— *Oh! non! J'ai oublié mon scooter sous la route!* lance Fabri, décontenancé.

Sans le scooter de Fabri, nous sommes dans une impasse. Comment retournerons-nous à la maison? La planète filante quitte l'orbite de cette planète aujourd'hui, au coucher du soleil. De plus, qu'adviendra-t-il de Roméro et Joulia? Seront-ils à jamais séparés?

Assis contre un arbre, je fixe l'autoroute dans l'espoir qu'une brèche nous permette de traverser. Le temps s'écoule et le roulement des véhicules ne diminue pas.

— *Joulia est mon oxygène. Sans elle, je manque d'air!* se lamente Roméro. **Quand la circulation s'arrêtera-t-elle?**

Ignorant la réponse, je hausse les épaules. Pendant ce temps, le soleil poursuit sa route dans le ciel. Bientôt, il atteindra son zénith.

Un mot d'amour

Joulia pleure dans les bras de Fabri. Le bonhomme mauve ne sait pas trop quoi faire.

— *Roméro,* murmure Joulia, *comme je m'ennuie de mon Roméro!*

— *Un de perdu, dix de retrouvés!* répond maladroitement Fabri.

— *Je veux seulement mon Roméro!* lance Joulia en éclatant en sanglots.

Fabri tente de la consoler. Il lui tapote le dos et dit :

— *Si j'avais su que cette autoprout causerait autant de malheurs, je n'aurais pas aidé le rouleur de route. Dire que j'ai failli accepter de l'aider de nouveau. Il déroule une nouvelle autoprout aujourd'hui.*

— *Le rouleur de route est encore sur notre planète!* s'écrie Joulia.

Fabri hoche la tête.

— *Fabri, tu as la solution!*

— *Qu'est-ce que j'ai dit?* **Ah!** *Je ne comprends rien aux filles!* se plaint Fabri.

Joulia écrit un mot sur une feuille d'arbre et attache son message autour d'une pierre.

— **Que fais-tu?** demande Fabri

— C'est un message pour Roméro, explique Joulia. *Lance cette pierre à mon amour de l'autre côté de l'autoroute.*

— **Ce n'est pas très gentil de lancer une pierre sur Roméro!** reproche Fabri.

— *Pas sur lui, à côté!* soupire Joulia, exaspérée.

Fabri s'exécute avec maladresse.

— *Oh! mon beau Roméro, nous nous retrouverons bientôt!*

***

— *Je n'attendrai pas une minute de plus pour rejoindre ma Joulia!* s'impatiente Roméo.

— Comment pouvons-nous calmer Roméro?

murmure 3R-V à mon oreille.

— *Mon cœur est sur le point d'exploser!* ajoute l'amoureux.

Bang!

Une pierre atteint la tête de Roméro.

56

Quelque chose est attaché au caillou.
— **C'est un message de Joulia!** m'écrié-je.
— *Je suis à nouveau frappé par l'amour de Joulia,*
s'exclame Roméro, encore un peu étourdi.

Cher Roméro,
Allons vers la montagne et
retrouvons le rouleur de route!
Ce géant de fer nous aidera
à traverser l'autoroute
qui sépare nos cœurs.

Joulia xxx

Je lève les yeux vers 3R-V.

— **Quelle bonne idée!** dis-je à mon ami.

De plus, le rouleur de route pourra sûrement réparer ton aile.

— **Partons sur-le-champ à sa recherche**, suggère 3R-V. Le soleil est encore haut dans le ciel, mais il descend peu à peu.

— *Quelle direction prenons-nous, Roméro?* **Roméro?!**

Roméro a déjà parcouru une bonne distance.

— *J'ai entraperçu Joulia de l'autre côté. Fabri et elle ont pris cette direction-là.* **Dépêchez-vous, Cosmo et 3R-V! Le grand amour n'attend pas!**

58

CHAPITRE 8

Catastrophe non naturelle

Nous entamons notre trajet jusqu'au rouleur de route. Nous longeons l'autoroute : Roméro, 3R-V et moi d'un côté, Fabri et Joulia de l'autre. Au bout d'un moment, je ralentis la cadence, troublé par le paysage dévasté. Le rouleur de route a fait des ravages avec son autoroute.

— **C'est désolant!** commente 3R-V.

— *Cette autoroute est un terrible fléau!* murmuré-je, sous le choc.

Nous avançons prudemment, évitant les arbres coupés ou déracinés qui bloquent le passage. De temps à autre, de petits animaux se faufilent entre nos jambes, pressés de trouver refuge loin de l'autoroute. Tout comme Roméro et Joulia, ces bêtes vivent de grands drames : certaines sont séparées de leur famille ou amis, d'autres sont blessées pour avoir tenté de traverser l'autoroute.

Découragé, je m'arrête un moment. Je cligne des yeux et tousse dans mon aile. D'énormes nuages de poussière sont soulevés par le passage des véhicules sur l'autoroute. Le bruit assourdissant bourdonne dans mes oreilles. Je pense à tous ces animaux qui sont confrontés comme moi à ces problèmes.

Roméro s'arrête brusquement, puis recule jusqu'à 3R-V et moi.

— *Pourquoi êtes-vous arrêtés?* nous demande-t-il.

— **C'est si triste pour toi et tous les autres animaux de la forêt!** dis-je.

— *Cette autoroute infernale a complètement changé le décor de notre planète!* admet Roméro, le cœur gros. *Avant, tout était parfait, à l'image de mon amour pour Joulia! Aujourd'hui, tout est sombre dans la forêt. Même dans mon cœur, il n'y a plus de lumière sans ma dulcinée à mes côtés!*

— **Ne t'inquiète pas, Roméro. Il existe une solution à tous ces malheurs!** dis-je d'un air convaincu.

— *Le rouleur de route, voilà la solution! Alors, ne perdons plus une seconde!* reproche Roméro. *Allons, allons, allons!*

Roméro file parmi les troncs d'arbre déracinés. 3R-V et moi le suivons. En retrait, je confie mes inquiétudes au vaisseau-robot.

— **Je redoute un peu la rencontre avec ce rouleur de route.**

— Si ce robot géant a la capacité de détruire la nature comme ça, il ne doit pas être très doux, confirme 3R-V.

61

J'accélère le pas pour rejoindre Roméro.

De temps à autre, je scrute l'horizon avec appréhension.

Où est donc ce fameux rouleur de route?

Pendant ce temps, de l'autre côté de l'autoroute, Fabri marche devant Joulia. Le bonhomme mauve déplace les branches d'arbres morts sur le passage de Joulia.

Le paysage de la forêt défrichée est affligeant. Joulia fige, attristée par la vision de la nature

— *Cette désastreuse image reflète celle de mon cœur sans Roméro. Oh! je m'inquiète pour lui! Comment réagit-il face à la destruction de notre nid d'amour?*

— *J'ai tant de regret,* s'excuse Fabri. *C'était la nuit. J'ignorais que cette autoprout causerait autant de dégâts. Si j'avais su, j'aurais plutôt arrêté le rouleur de route.*

Fabri et Joulia continuent de marcher. Joulia verse une larme. Fabri est mal à l'aise. Il ne sait pas quoi dire face à la détresse de Joulia. Pourrait-elle vivre sans son Roméro, l'amour de sa vie? Non, impossible!

Une question d'équilibre

Les deux têtes ont fouillé partout sur la planète filante à la recherche de leur vaisseau. Découragées, elles sont de retour à leur télescope.

— **Où est notre vaisseau?** s'interroge Gauche. Quelqu'un l'a-t-il pris?

Droite avance sa tête près du télescope et regarde en direction de la planète verte.

— *Tornu!* s'écrie brusquement Droite.

— Peut-être? songe la tête gauche.

— *Non, non! Je te dis que Tornu est sur la nouvelle planète avec notre vaisseau!*

— **Quoi!** comprend enfin Gauche.

La tête gauche s'empare du télescope.

— **Qu'a-t-il déniché?** s'interroge Gauche.
C'est doré et brillant!

— *Tornu le pilleur, sans scrupule et sans peur!*
lance Droite.

— **Surveillons-le!** suggère Gauche.

***

Tornu vérifie une dernière fois la solidité de la corde. Sa pépite d'or est bien attachée. Il saute à bord du vaisseau des deux têtes et s'envole vers la planète filante.

— **Je suis attaché à toi, mon petit cœur,** lance Tornu.

Derrière le vaisseau, la corde se tend. Sur le coup, Tornu s'écrase le nez dans le hublot.

— **L'amour fait mal,** grogne-t-il.

Tornu pousse les moteurs à fond. Peu à peu, la pépite d'or quitte le sol. Tornu contrôle avec difficulté le vaisseau : il monte et descend sans arrêt.

Soudain, le vaisseau sort de la forêt et survole les arbres. La montée est toutefois très lente. Le soleil est de plus en plus bas à l'horizon. Bientôt, la planète filante quittera l'orbite de la planète.

Tornu regarde derrière lui, sa pépite dorée est toujours là.

— **Tiens bon, mon cœur!**

***

Je suis sous le choc. Roméro, 3R-V et moi regardons la montagne.

— ***Le rouleur de route a fendu la montagne en deux pour y faire passer son autoroute!?*** dis-je, abasourdi.

— Comment traverserons-nous de l'autre côté? questionne 3R-V. **C'est trop étroit pour moi.**

Roméro tourne autour de nous, au désespoir.

— *Tant d'obstacles me séparent de mon amour! Comment survivre sans son cœur?! Dites-le-moi! Dites-le-moi!*

Le vaisseau-robot murmure à mon oreille :

— Cosmo, as-tu une idée? Faire le tour de cette montagne nous prendra trop de temps! Regarde la position du soleil. Le temps presse, il faut absolument retourner sur la planète filante avant qu'elle ne quitte l'orbite de cette planète.

Je réfléchis quelques secondes. J'observe l'autoroute, la montagne et le canyon.

— ***Escaladons la montagne!*** dis-je.

À mi-chemin du sommet, nous percevons l'écho de la circulation.

Sous nos pieds, le sol vibre à cause des nombreux véhicules sur l'autoroute. Un petit caillou tombe sur mon bec. Je lève mon regard. Au-dessus de nos têtes, j'aperçois plusieurs pierres qui tombent droit sur nous.

— ***Attention! C'est un éboulement!***

Rapidement, le vaisseau robot ouvre son dôme vitré.

— **Vite! Sautez à l'intérieur!** s'écrie 3R-V.

Nous sommes à l'abri. Robuste, 3R-V supporte l'impact des pierres plus petites et évite avec adresse les plus grosses.

71

***

Fabri analyse le passage devant lui. L'autoroute traverse une montagne. Le passage entre le mur de la falaise et la circulation incessante est très étroit. Fabri secoue la tête, négatif.

— *Le passage est trop petit!* **C'est dangereux.** Contournons la montagne.

Malgré tout, Joulia s'engage dans l'étroit couloir.

— **Wô!** s'objecte Fabri.

— *Ce passage est le plus court jusqu'à mon amour!* justifie Joulia.

— **Et le plus dangereux!**

Le bonhomme mauve hausse les épaules et suit la belle Joulia dans le corridor menaçant.

Fabri et Joulia longent prudemment l'autoroute. Les deux se collent sur la paroi rocheuse. Ils avancent lentement, de peur de tomber sur l'autoroute. Les véhicules sont si près qu'ils les frôlent. Une goutte de sueur coule sur le front de Fabri.

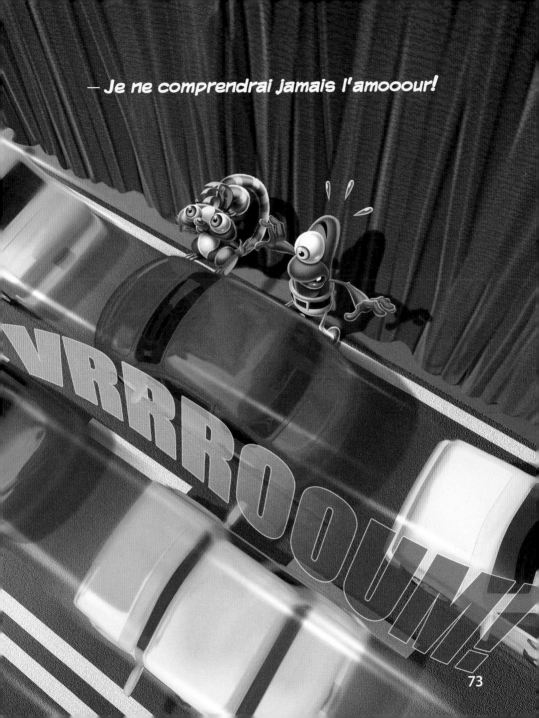

CHAPITRE 10

La tête dans les nuages

3R-V atteint finalement le sommet de la montagne. À l'intérieur du vaisseau-robot, Roméro et moi scrutons l'horizon dans l'espoir de repérer le rouleur de route.

— *Les nuages nous empêchent de voir clairement.*

— *Où se cache-t-il?* s'écrie Roméro énervé.

Soudain, 3R-V pose le pied sur une plaque rocheuse instable. Le sol cède sous ses pieds. Il perd l'équilibre. Nous déboulons à toute vitesse sur le versant de la montagne.

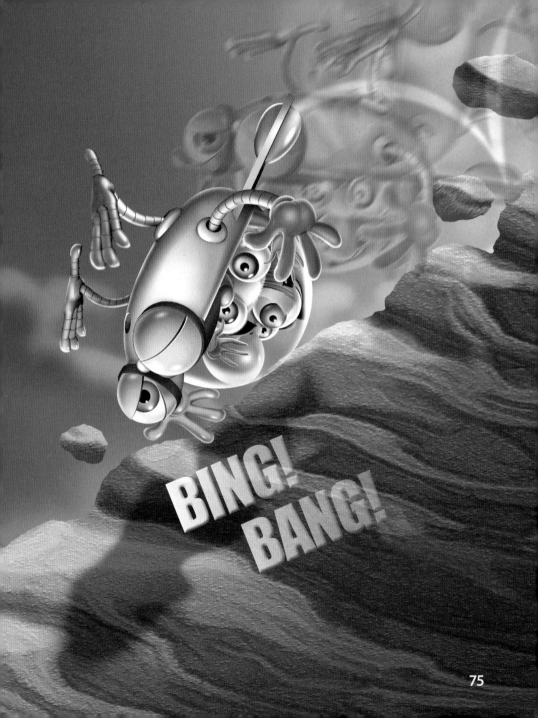

Notre chute s'arrête au pied de la montagne.

J'ouvre lentement les yeux et aperçois Roméro à mes côtés.

— *Roméro, es-tu blessé?*

— *Oh! oui!* me répond-il. *J'ai mal à mon cœur. Ça fait si longtemps que je n'ai pas vu ma tendre moitié Joulia. M'unir à elle est le seul remède à mon mal.*

Roméro n'a que sa Joulia en tête. Je m'extirpe hors de 3R-V, couché directement sur le sol. Il a l'air un peu sonné.

— **Quelle descente!** lance 3R-V. **Si j'avais pu voler, au moins...**

— *Bientôt, mon ami, tu seras réparé!*

— **Espérons-le!** Le temps file.

Je lève mes yeux vers le soleil. À la place, je vois une gigantesque silhouette.

— *Nom d'un dodo dodu...*

— **Le rouleur de route,** murmure 3R-V, impressionné par sa grandeur et par son immense rouleau de route.

Roméro ne perd pas une seconde. Déjà, il court vers le géant de fer et se jette sur lui. Sans remarquer la présence de Roméro, le robot poursuit son travail. Il déroule une nouvelle autoroute semblable à la première.

— *Oh! géant de fer!* s'épanche Roméro. *Écoute les S.O.S. de mon cœur! Mon amour est de l'autre côté de ta route. Je t'en pris, je t'en supplie, je t'implore...*

Roméro fait une longue tirade au rouleur de route. Ce dernier ne l'écoute pas. Indifférent, il pousse son gros rouleau d'autoroute, déracinant arbres et plantes sur son passage.

Désespérés, 3R-V et moi regardons la scène.

— *Que ferons-nous si le géant de fer ne nous aide pas?*

CHAPITRE 11
Entre robots

— *J'aperçois la fin du canyon, juste là!* s'écrie Joulia

À la sortie de l'étroit passage, Joulia grimpe sur le flanc de la montagne dans l'espoir d'apercevoir Roméro de l'autre côté de l'autoroute.

— *Roméro!* hurle Joulia en repérant son amoureux. *Oh! Roméro, je suis là!*

Comme s'il entendait sa voix à travers les bruits de la circulation, Roméro se tourne vers sa dulcinée. C'est alors que se croise le regard de Joulia et de Roméro.

— *Jouuuuulia!* crie avec passion l'amoureux.

Sans perdre une seconde, Roméro court vers sa Joulia, prêt à braver la circulation pour la rejoindre.

Mais il passe inconsciemment dans la trajectoire du rouleur de route. Agacé par la présence de Roméro, le géant de métal lui donne une chiquenaude. Roméro est violemment projeté dans les airs.

— *Roméro!* s'affole Joulia de l'autre côté de l'autoroute. *Oh! mon amour!* crie-t-elle, témoin de la scène.

Roméro tombe à côté de nous.

— *Jou… lia,* murmure Roméro avant de s'évanouir.

Cette situation ne peut plus continuer.

Je pointe le géant de fer et demande à 3R-V :

— **Essaie de le raisonner!** *Tu es un robot,* peut-être t'écoutera-t-il?

Toc! Toc! Toc!

3R-V tape sur le pied du rouleur de route pour attirer son attention.

Le géant de fer s'immobilise. Il se penche lentement vers 3R-V. Il l'observe quelques secondes. Dans sa main, il prend le vaisseau-robot, puis lui dit d'une voix forte et grave :

— **Tu sem-bles être une ma-chi-ne com-me moi.**

— Je suis 3R-V. Un vaisseau-robot.

**— Je suis Mé-tal-lin, le rou-leur de rou-te.
As-tu été en-voyé par la com-pa-gnie rou-tière?**

— La compagnie routière? répète 3R-V. **Non, je suis ici pour te parler.** L'autoroute que tu construis causent beaucoup d'ennuis aux alentours, explique 3R-V.

Métallin se redresse subitement. Il répond d'un ton sec et sans émotion.

— Ce n'est pas mon pro-blè-me! Je suis un rou-leur de route, c'est mon tra-vail.

— Tu n'es pas obligé de faire ton travail en fermant ton cœur à la nature! ajoute 3R-V.

— La na-tu-re, ç a ne fait que ra-len-tir mon tra-vail. Cette dis-cus-sion est in-ter-rom-pue, lance Métallin.

Le géant de fer dépose 3R-V, lui tourne le dos et pousse de nouveau son énorme rouleau.

Je me place devant le rouleau.

— Pousse-toi de là, oi-seau ou je t'é-cra-se sur mon pas-sa-ge.

— *Non!* dis-je. La situation est devenue invivable pour Roméro, Joulia et les autres animaux de la forêt.

— Je t'au-rai pré-ve-nu!

Insensible à ma présence, le rouleur de route se met en marche. 3R-V bondit à mes côtés.

— Cosmo, ne reste pas là, c'est trop dangereux!

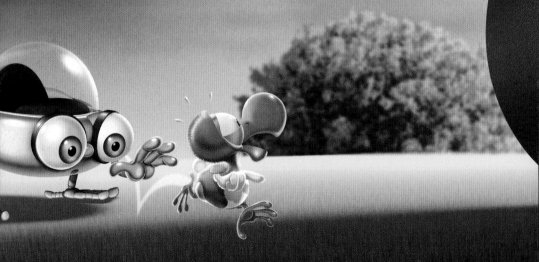

CHAPITRE 12

Au paradis

Tornu a atteint les nuages. Le moteur du vaisseau des deux têtes émet de plus en plus de bruit. Tornu jette un coup d'œil à sa pépite d'or. Son cœur doré est toujours là. Il se balance au bout de la corde.

Tout à coup, le moteur s'arrête totalement. Le vaisseau des deux têtes tombe en chute libre. Tornu appuie sur tous les boutons. Il ne pense qu'à son cœur doré.

À quelques mètres du sol, Tornu presse un bouton rouge qui active le moteur de secours. Il redresse le vaisseau de justesse. Il regarde devant lui. Malheur! Il fonce droit sur une montagne.

— **Monte!** supplie-t-il. **Monte!**

Tornu frôle le sommet de la montagne. La pépite derrière lui accroche toutefois un pic. Sur le coup, la corde cède.

— **Noooon! Ça y est, mon cœur lâche!**

L'énorme pépite déboule sur le flanc de la montagne.
Sans perdre une seconde, Tornu fonce à vive allure
vers son trésor.

— **Ne me quitte pas, mon cœur!**
crie-t-il, au désespoir.

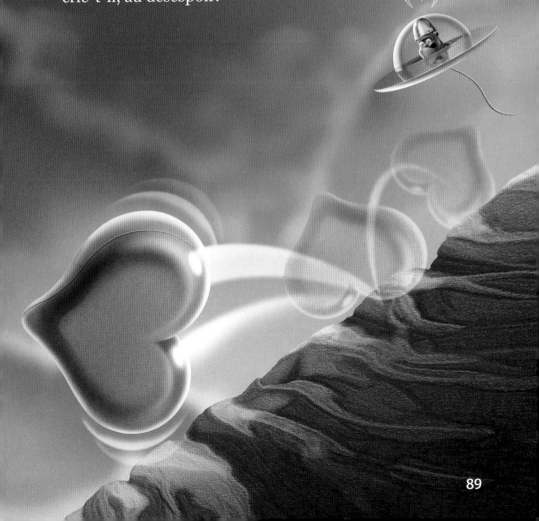

La pépite d'or s'immobilise aux pieds du géant de fer.
Il arrête le rouleau à quelques centimètres de mon bec.
Métallin est distrait par le cœur d'or.

Tornu se pose un peu plus loin avec le vaisseau
des deux têtes. Il accourt et hurle :

— Non! Tu ne toucheras pas à mon trésor!

Métallin se penche pour prendre le cœur et repousse
avec facilité Tornu qui se débat férocement.

Surpris, le géant regarde avec attention le coeur.

— C'est mon cœur, dit Métallin. **Je le cro-yais dis-pa-
ru à ja-mais. La com-pa-gnie rou-tière me l'avait re-ti-ré,**
ajoute-t-il.

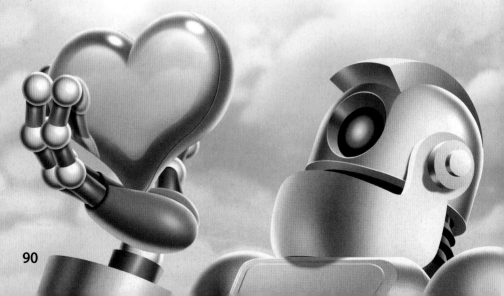

Métallin se redresse. Il ouvre une trappe sur son torse qui révèle un espace vide. Le géant de fer y insère le cœur en or.

— **Nooon!** crie Tornu.

Métallin s'illumine de mille feux. Ébloui, je place une aile au-dessus de mes yeux.

Métallin pose un genou au sol. Des images défilent sur ses paupières fermées. Une larme apparaît sur son visage. Le géant de fer voit les arbres déracinés, les familles et amis isolés, les amoureux séparés...

— **Comment ai-je pu causer tous ces problèmes sans vraiment les voir?**

La compagnie routière avait donc retiré le cœur de Métallin pour qu'il exécute son travail sans compassion.

Métallin secoue la tête. L'aura lumineuse autour de lui brille toujours. Il ajoute :

— **Fabriquer des autoroutes, c'est ma raison d'être. Que puis-je faire d'autre?**

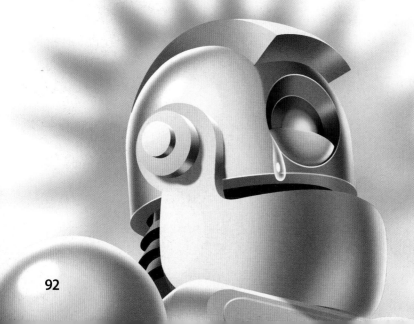

La lumière s'intensifie, puis s'éteint. Je cligne des yeux, quelque peu aveuglé. De son côté, le géant de fer regarde autour de lui. Il découvre Roméro, inconscient, et Joulia, hyper inquiète. Aussitôt, son cœur se serre. Métallin traverse de l'autre côté de l'autoroute. Il prend Joulia et Fabri dans sa main, puis les dépose près de Roméro. Sans perdre une seconde, Joulia court vers son raton-cureuil bien-aimé.

Elle le prend dans ses bras. Roméro est toujours inconscient.

— *Roméro, mon doux Roméro!*

— *Suis-je au paradis?* murmure Roméro.

— *Non, mon amour! Tu es dans mes bras!*

— *C'est encore mieux que le paradis!* s'exclame Roméro.

— *Tornu, tu as sauvé notre amour!* lance Joulia. *Comment as-tu su que seul le cœur d'or pouvait convaincre Métallin?*

— **C'était mon cœur,** grogne Tornu tout bas.

Frustré, Tornu saute à bord du vaisseau des deux têtes, puis s'envole vers la planète filante. Je lève le regard vers lui. Un rayon de soleil orange se reflète dans la vitre du vaisseau. Affolé, je regarde l'horizon : le soleil est presque couché.

Je me tourne rapidement vers Métallin.

— ***Peux-tu réparer mon ami?*** *Nous devons quitter cette planète d'ici la nuit!*

Le robot géant se penche vers moi.

— **Qu'est-ce qui est arrivé à ton ami 3R-V?** demande-t-il.

— *Il a été heurté par un véhicule sur l'autoroute.*

Penché au-dessus de mon ami, le géant de fer examine son état. Il approche tranquillement sa main et saisit l'aile de 3R-V. Avec une adresse surprenante pour un robot de sa taille, Métallin déplie délicatement l'aile de 3R-V.

3R-V constate le résultat. D'un bond, il s'envole en plein contrôle de ses moyens!

— **Yaouh!** s'exclame le vaisseau-robot.

CHAPITRE 13

L'arbre-témoin-de-notre-amour

Après un moment, Roméro a repris ses esprits. Il prend tendrement la main de sa dulcinée.

— *Maintenant que nous nous sommes retrouvés, es-tu prête à t'unir à moi, ma belle Joulia?* demande Roméro.

— *Oh que oui, mon amour!*

À ces mots, Métallin apparaît. Je n'avais même pas remarqué son absence. Où était-il?

Le géant de fer sort la main de derrière son dos. En guise de bouquet de fleurs, il dépose l'arbre à cœurs près de Roméro et de Joulia.

— *C'est l'arbre-témoin-de-notre-amour!* s'exclament les amoureux, émus devant le présent inattendu du géant de fer.

— **Que le mariage commence!** s'exclame Métallin.

Roméro prend la main de Joulia et lui dit :

— Joulia, je promets de t'aimer chaque minute… chaque seconde…chaque milliseconde de ma vie!

— Roméro, je promets de t'aimer tout autant, et ce, pour l'éternité!

Roméro et Joulia célèbrent enfin leur union sous l'arbre-témoin-de-leur-amour.

— ***Hourra pour les amoureux!***

Nous saluons nos nouveaux amis, puis filons à toute vitesse vers la planète filante. Au loin, j'entends la promesse de Métallin :

— **Bon retour sur votre planète, et ne vous inquiétez pas, j'ai plusieurs idées pour améliorer les autoroutes!**

Nous apercevons enfin la planète filante. Il s'en est fallu de peu, car dans quelques minutes seulement, elle quittera l'orbite de cette planète verte.

Ce n'est pas la première fois que je vois ma planète de l'espace, et pourtant, elle me semble encore plus belle et précieuse qu'auparavant. C'est peut-être parce que cette fois, j'ai vraiment passé à une plume de ne jamais y revenir.

Je suis soulagé d'être sur le chemin du retour, même si j'éprouve un peu de tristesse à l'idée de quitter Roméro et Joulia. Heureusement, leur grand amour me donne l'énergie de poursuivre ma quête. Avec l'aide de mes amis, j'espère trouver d'autres dodos ailleurs dans l'Univers.

Peut-être même que mon âme sœur m'attend, moi aussi, quelque part sur une nouvelle planète...

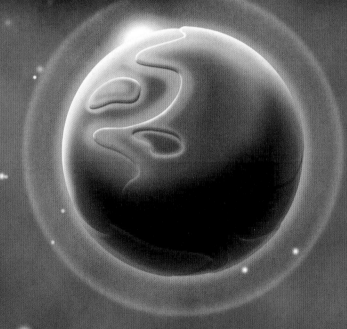

Quelques jours plus tard, sur la planète filante...

Tous ensemble, nous repensons à cette aventure.

— *Ce fut une très belle histoire d'amour,* s'exclame Droite.

— **Je dirais plutôt une histoire remplie d'intrigues,** ajoute Gauche en jetant un regard accusateur vers Tornu.

— **Quoi, je n'ai fait qu'emprunter votre vaisseau,** répond Tornu d'un air innocent.

— *Je suis bien heureux que Métallin m'ait remis mon scooter. Maintenant, je ne le déposerai plus n'importe où,* dit Fabri en frottant son scooter.

Je jette un regard sceptique vers Fabri.

— *J'ai une seule certitude, Roméro et Joulia vivront une très grande histoire* **d'amooour!**

— Je ne veux plus entendre le mot « amour »! J'ai déjà beaucoup donné dans cette histoire! **Ggrr!** lance Tornu, tout près de nous.

— ***Avoue-le, Tornu,*** *tu es toi-même un grand sensible!*

— **Ggrr!**

— *Pas autant que Métallin!* lance Droite.

— ***D'ailleurs, je me demande ce qu'il est devenu ce géant de fer au cœur d'or.***

Pendant ce temps, sur la planète verte...

Le géant de fer s'approche de Roméro et de Joulia, puis les prend doucement dans sa main.

— *Que fais-tu?* s'inquiète Joulia.

— **J'ai beaucoup à me faire pardonner. Voici ma première idée.**

Métallin dépose les amoureux sur une passerelle construite au-dessus de l'autoroute.

— *Qu'est-ce que c'est?* demande Joulia.

— **C'est un pont, ça sert à traverser d'un côté à l'autre.**

Roméro regarde Joulia dans les yeux, il dit tendrement :

— *C'est le pont de notre amour!*

— **Et ce n'est qu'un début!** affirme Métallin.

Fin!

Répertoire des Webonus de cette aventure

Amuse-toi avec les Webonus : jeux, encyclopédies, jeux-questionnaires, fonds d'écran et autres surprises.

Tape l'adresse du site Web de Cosmo :
www.cosmoledodo.com
et entre le code inscrit dans la pastille
que tu trouveras en coin de page.
Tu accèderas aux Webonus!

NOTRE HÉROS DE L'ENVIRONNEMENT

Aussi disponibles dans la même collection

www.cosmoledodo.com